NOTICE

SUR

LE GOLFO DULCE

DANS L'ÉTAT DE COSTA-RICA.

NOTICE

sur

LE GOLFO DULCE

DANS L'ÉTAT DE COSTA-RICA

(AMÉRIQUE CENTRALE),

ET SUR

UN NOUVEAU PASSAGE ENTRE LES DEUX OCÉANS

(Voir la Carte publiée par M. ROBIQUET, Hydrographe,
rue Pavée-Saint-André-des-Arts, n° 2),

PAR

G^{el} LAFOND DE LURCY

CONSUL-GÉNÉRAL,

CHARGÉ D'AFFAIRES DE COSTA-RICA EN FRANCE.

PARIS.

CHEZ FONTAINE, LIBRAIRE,

35, PASSAGE DES PANORAMAS ET GALERIE DE LA BOURSE.

1856.

RÉPUBLIQUE DE COSTA-RICA

(AMÉRIQUE CENTRALE).

ÉTENDUE

Du 8° au 11° 15' de latitude nord.

Du 84° au 88° de longitude à l'ouest du méridien de Paris.

Elle comprend 3,000 lieues carrées.

LIMITES.

A l'ouest, l'*Atlantique ;* à l'est, le *Pacifique.*

Au nord, les bords sud du lac et de la rivière *Saint-Jean-de-Nicaragua.* Limites du *Nicaragua.*

Au sud, une ligne de la pointe *Boruca* (dans le *Pacifique*) à l'embouchure de la rivière Doraces (dans l'*Atlantique*). Limites de la *Nouvelle-Grenade.*

PHYSIONOMIE DU PAYS.

Les *Cordilières,* traversant cet État dans toute sa longueur, forment des plateaux et des vallées enchanteresses, couvertes de forêts luxuriantes, produisant tous les bois et toutes les plantes des tropiques, nourrissant de nombreux bestiaux, des chevaux, des mulets, des animaux domestiques et sauvages, et les oiseaux les plus variés et les plus rares.

Les montagnes renferment les mines les plus riches en or, argent, cuivre, plomb, nickel, charbon, etc., etc.

Les vallées et les plateaux fournissent à la culture toutes les plantes et tous les arbres fruitiers des pays tropicaux et de l'Europe.

Plusieurs volcans couronnent les crêtes des montagnes ; des rivières nombreuses fertilisent les campagnes et permettent la descente de très variés produits à la côte, qui abonde elle-même en poissons de toutes sortes, en huîtres perlières et en coquillages qui produisent la pourpre.

Le *Golfo Dulce*, baie immense, offre sur ses bords, à l'émigration, des terres abondantes, fertiles, et qui seront délivrées *gratis* aux premiers colons qui, voulant aller s'établir dans ce beau pays, s'adresseront au consul-général, à Paris. *(Voir la Notice ci-jointe.)*

Un nouveau port vient d'y être créé.

Des traités de commerce et d'amitié ont été faits avec la *France*, la *Grande-Bretagne*, le *Saint-Siége*, l'*Espagne*, l'*Allemagne*, d'autres *États de l'Europe* et des deux *Amériques*, qui ont tous reconnu l'indépendance de **Costa-Rica**.

Liberté des cultes, mais la religion catholique est celle de la majorité des habitants.

VILLES ET PORTS PRINCIPAUX.

San-Jose, capitale de la République.

Cartago, Heredia, Alajuela, Liberia.

PORTS SUR L'ATLANTIQUE.

Saint-Jean-du-Nord, par le *Sarapiqui*.

Matina, Moïn Limon, Salt-Crik.

PORTS SUR LE PACIFIQUE.

Baie de **Salinas, Culevra, Sta-Helena; P^{ta}-Arenas**, dans le golfe de *Nicoya*; **P^{ta}-Arenitas** et **Golfito**, dans le *Golfo Dulce*.

ADMINISTRATION.

S. Exc. le général don Juan-Rafael Mora, *président*;
MM. Vicente Aguilar, *vice-président*:

J.-B. Calvo,	Ministre de l'intérieur;
Lorenzo Montufar,	Ministre des affaires étrangères;
Rafael G. Escalante,	Ministre des finances et de la guerre;
M. Alvarado,	Intendant général des finances;
Mgr A^{me} Llorente,	Évêque.

CONGRÈS, COUR SUPRÊME ET ARMÉE.

MM. Vicente Aguilar, Président du Congrès;

Rafael Ramirez, Régent de la Cour suprême;

le Général Jose-J. Mora, Commandant-général.

AGENTS DIPLOMATIQUES ET CONSULS.

EN FRANCE.

MM. G. Lafond de Lurcy, Consul-général, Chargé d'affaires à *Paris*.

B. Baour, d° à *Bordeaux*.

F. De Coninck, d° au *Havre*.

H. Poydenot, Consul à *Bayonne*.

E. Roussier, d° à *Marseille*.

E. Toché, d° à *Nantes*.

A. Thillay du Boullay, d° à *Rouen*.

P.-J. Ferrand, Chancelier Vice-Consul à *Paris*.

A. Foi., Secrétaire du Consulat-général à *Paris*.

A L'ÉTRANGER.

MM. Marquis F. de Lorenzana, Ministre résidant à *Rome*.

Matthyssens, Consul-général à *Anvers*.

D.-S. Thompson, d° au *Chili*.

Juan Rehnard–Muller, d° à *Hambourg*.

W. Hall (p\[r\] intérim), d° à *Londres*.

Louis-M. Tapia, d° à *Madrid*.

L. Rossi, d° à *Naples*.

Royal-Phelps, d° à *New-York*.

AVANT-PROPOS.

Avant de faire connaître les avantages que le commerce maritime de l'Europe retirera de l'ouverture d'un canal ou d'un chemin de fer entre un port sur l'Atlantique et la superbe baie du Golfo Dulce sur le Pacifique, nous devons exposer les motifs qui nous ont engagé à solliciter du gouvernement de Costa-Rica la concession du Golfo Dulce, et la route inter-océanique sur son territoire.

Notre long séjour sur les côtes et dans les diverses contrées de l'Amérique espagnole nous avait révélé l'intérêt de ce pays à provoquer l'émigration et les capitaux de l'Europe. De son côté, l'Europe devait trouver sur l'isthme américain des terres fertiles, un débouché considérable pour son commerce maritime, ainsi qu'une voie facile de communication avec la Polynésie, l'Australie, la Malaisie, la Chine et l'Inde.

Un chemin de fer étant projeté à Panama, le gouvernement français y avait envoyé M. Napoléon Garella, ingénieur des mines, accompagné de M. J. de Courtine, alors conducteur des ponts et chaussées. Des études approfondies furent faites par ces deux ingénieurs.

Depuis bien des années on pensait à établir un canal de haute navigation par la rivière Saint-Jean et le lac de Nicaragua. M. Michel Chevallier, le célèbre économiste, aujourd'hui Conseiller d'Etat, et l'Empereur Napoléon III lui-même, avaient fait d'admirables projets pour cet immense travail. Ces deux routes ouvertes à l'émigration et au commerce maritime, ne nous paraissent point satisfaire complétement à leurs exigences. Il leur manque à chacune de leurs extrémités ce qui donne la vie aux cités maritimes, ce qui assure leur prospérité : des ports bien formés, capables de

2

recevoir en toute sécurité la marine militaire ou marchande, et lui offrant toutes les ressources, toutes les commodités qui lui sont nécessaires.

Colon ou Aspinwal sur l'Atlantique, et Panama, sur le Pacifique, ne sont pas complétement abritées contre les vents du large.

Saint-Jean-du-Nord ou Grew-Town, à la sortie de la rivière Saint-Jean-de-Nicaragua, Saint-Jean-du-Sud, sur le Pacifique, n'ont pas de mouillages commodes pour une navigation active.

En faut-il conclure que ces passages seront abandonnés? Non, assurément, et nous sommes loin de le désirer. Nous appartenons à ce trop petit nombre d'hommes qui s'effrayent peu de la concurrence, étant bien convaincus de la vérité de ce principe, que les affaires attirent les affaires.

Nous pensons que plus l'isthme américain sera sillonné de routes, plus il prospérera, mais que les passages les mieux situés obtiendront la préférence. Inspiré par ces idées, convaincu de l'importance d'une possession territoriale dans ce pays, nous sollicitâmes, du gouvernement de Costa-Rica, la concession qu'il lui a plu de nous octroyer. Nous savions d'avance que nous aurions de dispendieux travaux à effectuer, et, qu'avant tout, il fallait faire connaître à l'Europe la jeune République de Costa-Rica; l'avantage incontestable de sa position sur les deux mers, la fertilité de son sol, la salubrité de son climat et les ressources incalculables des baies où devait aboutir la route inter-océanique.

Après avoir obtenu les concessions du Golfo Dulce et de la zone de terre nécessaire pour établir une route inter-océanique, nous fîmes prendre possession de ces terrains par M. Louis Chéron. Cet agent fit établir un procès-verbal de prise de possession, et le déposa dans les archives du gouvernement, à San-José de Costa-

Rica. Une copie certifiée, qui lui en fut délivrée, est déposée avec sa traduction et les actes réguliers de concession chez M. Roquebert, notaire du Consulat-général, 71, rue Sainte-Anne, à Paris.

Nous envoyâmes ensuite à Costa-Rica les deux capitaines au long cours MM. Colombel et Lallier. Ces deux marins expérimentés firent l'hydrographie du Golfo Dulce, en constatèrent la position avantageuse, et nous envoyèrent un rapport que nous publions plus loin.

Les rapports de MM. Chéron, La Barrière, Colombel et Lallier étaient certainement suffisants pour nous convaincre des avantages de ces concessions. Mais, désireux de leur donner un cachet d'authenticité incontestable aux yeux du public, nous obtînmes de la bienveillance de l'Empereur Napoléon III la reconnaissance hydrographique des côtes ouest de la république de Costa-Rica.

Une lacune regrettable existait dans le relevé des côtes de l'Amérique centrale. Depuis le golfe de Nicoya jusqu'à l'ile de Coïbo, les cartes espagnoles, françaises et anglaises, et celles des autres peuples maritimes, étaient si peu correctes, que le Golfo Dulce y était indiqué seulement comme une courbure de la côte.

L'amiral Pellion, nommé au commandement de la division du Pacifique, chargé de ce travail, le confia à M. De Laplein, commandant la corvette de S. M., la Brillante, et les plans et relevés furent exécutés par M. le vicomte de la Peyrouse, alors enseigne de vaisseau.

L'impression du travail de M. De Laplein fut ordonnée par le ministre de la marine; mais le temps avait marché, et la guerre d'Orient venait de commencer.

Comment entreprendre l'exploitation des richesses que renferment ces concessions, comment pouvoir appeler les capitaux nécessaires à leur exploitation, pendant la guerre d'Orient qui pouvait amener une conflagration générale? Nous dûmes nous arrêter. Mais, mettant à profit les loisirs que nous laissaient les événements, nous soumimes notre position exceptionnelle au gouvernement de Costa-Rica, qui, en vertu de l'article 5 de notre contrat avec lui, et dans sa sollicitude pour des intérêts aussi majeurs, prorogea notre concession. En effet, le Président de la République, S. E. Don Juan-Rafael Mora, par son décret en date du 9 janvier 1855, accorda aux concessionnaires un délai de trois années, à compter du mois d'avril 1856, pour l'envoi des premiers colons à Golfo Dulce, sept années pour l'envoi de mille âmes, et huit années pour la construction de la route inter-océanique.

Aujourd'hui que la paix est assurée, que les capitaux se tournent vers l'industrie, que les compagnies financières, celles d'armements maritimes ont pris une grande extension, qu'il leur faut des affaires pour utiliser les capitaux des unes et les navires des autres;

Aujourd'hui aussi que l'émigration européenne a pris un grand essor, nous venons offrir aux compagnies un emploi sûr et certain pour leurs capitaux, des frets avantageux pour leurs navires, en transports d'émigrants, de bois de construction pour la marine et pour les chemins de fer, bois de teinture, copras, cafés, salsepareille, nacres de perles, caoutchouc, produits tropicaux de toute nature, et aux émigrants des terres riches, fertiles, dans un pays remarquable par sa salubrité.

G. LAFOND DE LURCY.

NOTICE.

Par sa position géographique, l'isthme américain est le point du globe le plus important pour les relations entre les deux hémisphères; depuis la découverte des mines d'or de la Californie et de la Nouvelle-Hollande, ses différents passages sont encombrés de voyageurs et de marchandises qui y occasionnent un mouvement d'affaires des plus considérables.

Après son affranchissement de la domination espagnole, il forma la confédération de l'Amérique centrale, composée des cinq états de Guatemala, Honduras, San-Salvador, Nicaragua et Costa-Rica. Ces états ne tardèrent pas à se séparer, et Costa-Rica, le seul dont nous ayons à nous occuper, se proclama République libre et souveraine. Sa nouvelle condition politique a été reconnue par diverses puissances. Des traités d'amitié et de commerce ont été conclus avec la France, la Grande-Bretagne, les villes anséatiques, Guatemala et Honduras. L'Espagne, le Saint-Siége et les Deux-Siciles ont aussi reconnu son indépendance et son existence politique.

Le nom de Costa-Rica fut donné à cette partie de l'isthme par les premiers Espagnols qui s'y établirent, à cause de la fertilité de son sol et de la richesse de ses mines. On y exploita longtemps celle de Tisengal, qui produisait annuellement plusieurs millions de piastres. Les mauvais traitements et les vexations auxquels les colons étaient exposés de la part du gouvernement espagnol, non moins que les incursions qu'ils eurent à souffrir de nombreux pirates, les forcèrent d'abandonner leurs exploitations et leurs établissements.

Ce n'est que depuis le jour de son indépendance que Costa-Rica commença à prospérer en se livrant à l'agriculture, en rouvrant ses mines d'or; celles d'argent, de cuivre, de plomb, de fer, bien que très riches et très abondantes, ont été fort peu exploitées jusqu'à ce jour.

L'extension qu'ont reçue depuis lors son commerce, son agriculture et son industrie, grâce à la protection éclairée et bienveillante du gouvernement, indique assez à quel degré de prospérité est appelé l'état de Costa-Rica, lorsque se trouveront développées les diverses sources de richesses qu'il renferme. C'est pour aider à leur développement et faciliter leur exploitation qu'il y a appelé l'émigration européenne.

Par décret, en date du 16 octobre 1849, le gouvernement de Costa-Rica a donné en toute propriété à M. G. Lafond, consul-général de la République, en France, et à ses co-associés : «Un carré
» de douze lieues sur chaque côté de terres labourables, depuis le
» bord de la mer, dans la baie du Golfo Dulce, sur le Pacifique, jus-
» qu'à l'intérieur, ayant pour limite Punta-Gorda et la rivière
» Chiriqui.

» Tous les fleuves, rivières, lacs, montagnes et mines qui seront
» dans le périmètre de ces douze lieues, ainsi que les îles qui exis-
» teront vis-à-vis du littoral concédé appartiendront également à
» M. G. Lafond et à ses associés. »

De nouvelles concessions ont été faites depuis à M. G. Lafond, comprenant tous les terrains nécessaires à l'ouverture d'une route entre les deux mers : ces concessions consistent en une étendue de terrain d'une lieue espagnole de largeur (soit 6 kilomètres environ), sur tout le parcours de la route, avec les rivières, les criques, les îles et les ports adjacents, sur la côte de l'Atlantique, le plus près possible des limites de la Nouvelle-Grenade, jouissant des mêmes franchises que celles accordées à la première concession du Golfo Dulce. Copies des actes, en date du 16 avril, du 15 juin 1850 et du 9 janvier 1855, sont déposées chez Me Roquebert, notaire, 71, rue Sainte-Anne, à Paris.

D'après le décret de concession, les colons et concessionnaires sont exempts de tous impôts directs ou indirects, droits de douane, dîmes, primes, etc., etc., pendant quinze ans, à partir du jour de l'arrivée des premiers colons.

Ces possessions territoriales sont situées sous un ciel tempéré, dans un climat très sain; elles sont dans d'excellentes conditions d'exploitation, coupées de cours d'eau, et sur le bord des deux mers.

L'intelligence des indigènes, d'un caractère très doux et d'habitudes très laborieuses, sera du plus grand secours à l'exploitation de ce beau pays, et concourra pour beaucoup à son utile développement.

Les terrains concédés renferment des forêts vierges admirables et des montagnes magnifiquement boisées : la végétation y est si luxuriante, qu'il n'est pas rare d'y voir des arbres d'acajou de 25 à 35 pieds de circonférence, et de 100 à 150 pieds de hauteur.

Ce qui leur donne surtout une valeur très considérable, ce sont les plantations de cocotiers qui bordent le rivage, sur une étendue de cent milles géographiques, soit de 130 kilomètres environ. Nous pouvons donc, sans exagération estimer le nombre des cocotiers en plein rapport sur la concession à deux ou trois millions.

Le produit annuel d'un cocotier aux îles Philippines est de une piastre ou 5 francs; à Guyaquil, de 2 à 3 piastres; sur la côte du Choco, de 2 piastres.

A Punta Arena (Costa-Rica), la noix de coco se vend de 1/4 à 1/2 réal, ou de 15 à 30 centimes, et comme un cocotier en produit de 100 à 150, chaque arbre peut rapporter de 16 à 32 réaux, ou de 2 à 4 piastres, et en cargaison, de 1 à 2 piastres le cent.

En prenant donc pour base le produit des îles Philippines, c'est-à-dire, le moins élevé, on obtient un rapport brut de plus de deux millions 500,000 piastres, ou 12 millions cinq cent mille francs.

L'exploitation des cocotiers ne présente aucune difficulté. Il suffit d'exposer sur le sable, aux rayons du soleil, la noix de coco.

Elle se dessèche et donne un produit appelé *copra* dans le commerce. Le copra se vend à Marseille, où il est surtout employé à la fabrication du savon, de 65 francs à 80 francs les 100 kil.; ce qui porte à 700 francs environ le prix de 1,000 kil. ou du tonneau de copra. Un cocotier produisant annuellement au moins 100 cocos, et ceux-ci produisant 20 kil. de copra, il sera facile, même en réduisant notre estimation aux chiffres les plus modestes, d'apprécier l'importance des richesses de cette partie de la concession.

Au pied des montagnes se trouvent de grandes vallées et des plateaux délicieux coupés par de petites rivières, et le sol, constamment arrosé, produit en abondance du café, du coton, du sucre, de l'indigo, de la cochenille, du tabac, du maïs, du froment, du riz, enfin, tous les fruits et légumes d'Europe et des Tropiques.

Dans la concession se trouvent aussi des mines d'or, d'argent, de plomb, de cuivre et de fer, dont on a rapporté plusieurs échantillons d'une grande richesse. Nous nous bornerons à les noter ici pour mémoire, afin de ne pas présenter des calculs que l'on traiterait peut-être de fabuleux, et qui cependant ne seraient que l'appréciation mathématique de richesses minérales reconnues et proclamées de tout temps.

M. l'amiral Lavaud, ancien gouverneur d'Otaïti et des îles Marquises, a exposé les avantages de la position sur le Golfo Dulce dans une lettre adressée à M. G. Lafond.

Par ordre du ministre de la marine, M. l'amiral Pellion, qui a fait faire l'hydrographie de cette côte par M. T. De Laplein, commandant *la Brillante,* a constaté: « Qu'aucun point de l'Amé-
» rique n'est plus convenable pour une colonisation européenne
» sur le Pacifique, par sa salubrité, sa fertilité, la facilité des
» défrichements, et la sûreté des mouillages. » *Pilote côtier du Centre-Amérique,* p. 70. Ce rapport se trouve au Dépôt des Cartes de la Marine, à Paris, avec une notice du capitaine Colombel,

que M. De Laplein prie M. le Ministre de consulter. (Voir la Carte et les documents ci-joints.)

M. Louis *Chéron*, agriculteur et voyageur français, qui a parcouru les Philippines, la Chine, la Malaisie, l'Inde et l'Amérique, et qui a été envoyé sur les lieux, les décrit comme suit :

« Dans le cours de mes nombreux voyages, je n'ai jamais vu
» rien d'aussi beau que le Golfo Dulce, et l'imagination la plus
» poétique ne peut se faire une idée égale, en quoi que ce soit, à
» la réalité. Le golfe se divise naturellement en deux parties, dont
» la première peut s'appeler *la rade*, et la seconde, moins éten-
» due, mais pouvant cependant abriter les flottes les plus nom-
» breuses, peut se nommer *le port*. Les bords du golfe du côté
» de Chiriqui, sont formés de hautes montagnes, tandis que le côté
» opposé offre de vastes plaines couvertes de grands arbres qui
» annoncent une végétation vigoureuse.

» Sur une pointe de sable appelée *Punta-Arenitas*, qui sépare la
» rade du port du côté des plaines, on trouve une douzaine de
» cabanes ou chaumières habitées par une cinquantaine de pau-
» vres *Chiricanos* qui cultivent quelques plantes et racines sur les
» bords du golfe, pêchent des perles et récoltent de la salsepa-
» reille.

» Le chef politique, Don Mercedès Fernandès, habite depuis
» quelques années au milieu de cette petite peuplade; il m'a
» très bien reçu et s'est prêté avec beaucoup de bonté aux mille
» questions que je lui ai faites.

» Le Golfo Dulce, et particulièrement Punta-Arenitas, est très
» sain, et depuis que Don Mercedès y réside, il n'a pas vu un seul
» malade, et s'y est guéri lui-même d'une affection fort grave.

» Les cours d'eau sont nombreux dans les environs, et la cha-
» leur ne me paraît pas excessive, quoique beaucoup plus forte
» qu'à San-José. Il y pleut, c'est vrai, presque tous les jours, du

» côté des montagnes, mais du côté des plaines, même en hiver,
» il n'y pleut jamais que modérément, et, dans la saison sèche, les
» pluies y sont suffisantes pour entretenir une végétation presque
» continuelle.

» La chaleur du jour est rafraîchie par une légère brise depuis
» le lever du soleil jusqu'à son coucher, et la nuit amène avec
» elle une fraîcheur délicieuse. Enfin, jugeant d'après tout ce que
» je vois et ce que j'entends, jamais aucun lieu du monde n'a of-
» fert plus d'éléments de prospérité pour une colonie. »

La lecture de cet extrait montre combien la belle position du
Golfo Dulce serait avantageuse pour l'établissement d'un centre
commercial et maritime.

NOUVELLE ROUTE

POUR LA CALIFORNIE ET L'AUSTRALIE

ou

DE LA COLONISATION DE COSTA-RICA.

L'émigration européenne, qui, depuis 1816, a suivi le courant qui l'entraînait vers les États-Unis d'Amérique, a pris une direction nouvelle depuis la découverte des mines d'or de la Californie. Quelques émigrants suivent encore la voie péniblement tracée par leurs prédécesseurs, mais le plus grand nombre, attirés par l'appât des richesses métalliques, si facilement réalisables, se décident soit à doubler le cap Horn pour atteindre la Californie, après cinq à six mois de navigation, soit à traverser l'isthme américain de Colon à Panama, ou de Grey-Town à Saint-Jean-du-Sud, malgré les difficultés de plus d'un genre que l'on rencontre encore dans ce voyage.

Nous avons déjà signalé le peu de sécurité des ports placés à chacune des extrémités de ces deux routes; nous pourrions parler aussi de leur insalubrité. Toutefois, en décrivant les avantages et les inconvénients des diverses voies de communication entre l'Atlantique et le Pacifique, en notant les différences climatériques et les difficultés de voyage, nous n'avons nullement pour but de décourager d'autres entreprises, d'abaisser les mérites de certaines routes. Nous croyons qu'elles ont toutes leur utilité spéciale, qu'elles favoriseront au plus haut degré le développement du commerce maritime du monde, et qu'elles seront, en un mot, autant de bienfaits pour l'humanité. Nous voulons seulement faire ressortir la supériorité incontestable de la route que nous devons ouvrir au commerce, entre l'Atlantique et Golfo Dulce, sur le Pacifique. Nouveau pour l'Europe, notre projet ne l'est point pour les habitants de ces contrées. Il y a deux cent cinquante ans, le gouvernement espagnol voulut le mettre à exécution. Par sa dépêche du 9 janvier 1856, S. E. le Président de la République de Costa-Rica, Don J. R. Mora, fait savoir au Consul-général, chargé d'affaires en France, qu'il a trouvé dans les archives un travail complet fait par ordre de ce gouvernement. Les ingénieurs qui en étaient chargés, démontrent dans leur rapport la facilité d'établir une communication inter-océanique entre la côte de l'Atlantique et Golfo Dulce. Ils indiquent cette voie comme l'unique, la plus courte, la plus facile et la plus commode entre les deux mers.

Une grande partie de cette route est déjà toute tracée par deux rivières : la Dulce, coulant à l'ouest, et la rivière Bagaces à l'est ; il ne faut ni de grands travaux, ni de fortes sommes pour compléter les moyens de communication entre les deux baies immenses et sûres que la nature semble avoir créées à ses deux extrémités, pour y abriter toutes les flottes du monde maritime.

Nous avons donc le droit de penser que l'émigration choisira cette admirable voie de jonction entre les deux mers, et que le flot des colons pour la Californie affluera vers cette partie du continent américain devenu désormais le point central du commerce tu monde !

AVANTAGES DU PASSAGE.

Les navires qui partent soit du Havre, de Liverpool ou d'Anvers, Brême, Hambourg et autres villes du Nord, pour la Nouvelle-Orléans, passant souvent par le sud de Cuba, ils trouveront un avantage réel dans la moindre durée des traversées, s'ils vont débarquer leurs passagers au port de l'Atlantique. L'inspection seule d'une carte géographique prouve que cette différence peut être, dans certaines saisons, d'une quinzaine de jours en faveur du port de l'Atlantique. Les retours se feront d'abord en bois de teinture, d'ébénisterie et de construction, en copra, en cire, en salseparreille, en palmiers, gommes, poudre d'or, perles et nacre ; puis, à mesure que la colonisation s'étendra, en denrées agricoles de toute nature et en minerais d'argent, cuivre et autres métaux.

L'émigrant en Californie gagnera plusieurs jours en s'y rendant par cette voie : en effet, le voyage par navires à voile est, du Havre à la côte de Costa-Rica sur l'Atlantique, de. . 40 jours

La traversée de l'isthme à pied 5
De Golfo Dulce à San-Francisco 30

Total 75

Mais, par bateaux à vapeur, le voyage à la côte de Costa-Rica s'effectuera en. . . . . 22 à 24 jours.

La traversée de l'isthme accélérée. 1
A San-Francisco. 15

Total 40

On voit combien cette route est plus courte que les autres.

Le choix de ce nouveau chemin sera en outre déterminé par les plus grandes facilités que les émigrants trouveront à se procurer des terres propres à la culture.

Lorsque les Européens arrivent à la Nouvelle-Orléans, ils ne peuvent avoir immédiatement les terres dont ils ont besoin pour s'établir ; ils sont obligés de s'adresser aux spéculateurs américains

qui ont obtenu des concessions des divers États de l'Ouest, et ils
paient ces terres assez cher, depuis 4 dollars, ou 20 francs l'acre,
jusqu'à un prix que nous ne pouvons déterminer, cela dépendant
en partie des positions choisies.

S'ils préfèrent traiter avec les États, ils doivent se rendre sur les
lieux, où ils sont mis en rapport avec des agents, qui, en général,
ne font que des concessions très limitées. Ces terres, au prix de 2
dollars, ou 10 francs l'acre, sont à des distances considérables de
la Nouvelle-Orléans; les émigrants ont à remonter le Mississipi dans
les bateaux à vapeur, et prendre ensuite les diverses routes ou les
chemins de fer du Nord et de l'Ouest, ce qui augmente leurs dépenses de plus du double.

Arrivé à la Nouvelle-Orléans, l'émigrant n'est parvenu qu'à la
moitié du chemin ; c'est là que les fièvres jaunes et intermittentes,
si communes sur les bords du Mississipi, font des ravages terribles
parmi les nouveaux arrivés.

Au Port de l'Atlantique, ils ne trouveront aucun de ces inconvénients; ils pourront, aussitôt leur arrivée, se placer où ils voudront,
sur les bords d'une route, qui deviendra en peu d'années le chemin
des deux mers, et donnera à leurs terres une valeur considérable.

Les émigrants auront la faculté, qu'ils savent en général apprécier, de former immédiatement, par suite des dispositions prises,
des villages, des groupes, des familles qui s'aideront mutuellement
à vaincre les difficultés d'un premier établissement. Leur arrivée
à Costa-Rica met fin à leurs dépenses de transport, car ils sont sur
les lieux mêmes où ils n'auront qu'à choisir leurs terres. La plan-
tation de quelques vivres, l'élève de quelque menu bétail, facilitée
par l'extrême fertilité du pays, leur donneront immédiatement les
éléments nécessaires à leur alimentation.

Les bestiaux, les bêtes de somme existant en très-grand nombre dans la République de Costa-Rica, et s'y élevant pour ainsi dire
sans soins, ils auront là des ressources immédiates inappréciables.

Les bois et les cours d'eau étant nombreux, il en résulte la possibilité de se créer à peu de frais des usines, des scieries et des habitations spacieuses, indépendamment de celles qui pourraient être fournies suivant convention.

CLIMAT ET TEMPÉRATURE.

Les émigrants qui désireraient rester sur les terres de la concession pour y cultiver les produits tropicaux, y trouveront un climat des plus sains; la température y est refraîchie pendant le jour par les brises de mer, et pendant la nuit par les brises de terre.

Il suffit de prendre, dans le commencement, quelques soins hygiéniques des plus simples, comme de ne pas coucher à l'air, ni sur la terre humide, et de s'abstenir de tout excès, pour n'avoir rien à craindre de l'influence du climat.

Ceux qui préféreront s'établir sur les plateaux élevés des Cordillières, jouiront d'un climat tempéré qui peut être comparé au printemps de l'Europe, le thermomètre de Réaumur ne baissant qu'à 5 degrés au-dessous de zéro et ne montant pas à plus de 18 ou 20.

La meilleure saison pour l'arrivée est la saison sèche qui s'étend depuis novembre jusqu'en avril ou mai, époque à laquelle commence généralement la saison des pluies.

Il ne faut pas croire que cette saison qu'on appelle *hivernage* ressemble à notre hiver européen.

Les pluies et la chaleur constituent, on le sait, la richesse de ces pays, et donnent à la végétation une exubérance que nous ne connaissons pas en Europe. Dans la saison des pluies, elles commencent généralement sur le midi, par averses ou orages, et se continuent jusqu'au coucher du soleil; dans les intervalles, le temps est clair, le soleil est chaud, et l'atmosphère n'est jamais couverte de brouillards comme en Europe. Les transports par terre sont alors plus difficiles, les routes sont moins bonnes; mais les travaux ne sont pas pour cela interrompus; on utilise les hautes eaux des rivières et torrents pour amener les bois et les denrées à la côte, au moyen de radeaux et de pirogues. Cette saison ne constitue donc pas un hiver proprement dit, comme dans nos climats ; son influence n'est pas à craindre, si l'on prend les précautions que l'on ne négligerait pas même en Europe.

CONCESSIONS DES TERRES

Pour encourager l'émigration vers Costa-Rica, le concessionnaire de la route des deux mers s'est décidé à céder gratis des terres aux premiers émigrants.

Si, à tous les avantages que nous venons d'énumérer, on ajoute que toute la population de l'Amérique centrale est très sympathique aux Européens, qu'elle adopte facilement nos goûts, nos idées et nos mœurs, qu'elle a besoin de nos produits, et que son commerce a jusqu'à ce jour fait défaut à ses besoins intellectuels et matériels, on comprendra l'avenir réservé à des concessions entourées d'autant d'éléments de prospérité, et la grande influence qu'elles doivent avoir sur les destinées commerciales de l'Europe.

Il nous reste maintenant à rappeler aux émigrants allant en Californie que la route qu'ils auront à parcourir pourra être faite soit à pied, soit avec des mulets faciles à se procurer , avec des voitures de tout genre dont ils pourraient emporter d'Europe les premiers éléments, qui sont les roues et les essieux ; quand elle sera complétement améliorée, ils trouveront à leur arrivée tous les bois nécessaires pour en achever la construction, et lorsqu'un chemin de fer sera exécuté, ils traverseront l'isthme en quelques heures, car il n'aura pas plus de 100 kil. de parcours, la distance d'une mer à l'autre étant de 80 à 100 kil. environ.

Golfo Dulce, dans la République de Costa-Rica.

A M. le colonel Rafael G. Escalante, *fondé de pouvoirs du concessionnaire de Golfo Dulce à San-José de Costa-Rica.*

« Monsieur,

» Envoyé par vous à Golfo Dulce pour en lever le plan, mesurer les terres concédées à la Compagnie et en prendre possession en son nom, j'ai à vous adresser, selon vos instructions, une notice succincte des produits de ces parages. Mais, quelque simple et vrai que je veuille rester dans cette notice, ce lieu est si extraordinairement favorisé par la nature, que je crains d'être soupçonné au moins d'exagération dans l'énumération des avantages qu'il présente pour la formation d'une colonie. Et pourtant je puis vous assurer que, bien loin d'exagérer, j'ai plutôt laissé à dire.

» Golfo Dulce, situé sur l'Océan Pacifique, entre les 8e et 9e degrés de latitude boréale, au 86e de longitude occidentale de Paris, a environ dix lieues de long du S. E. au N. O., depuis l'entrée jusqu'au fond ; deux dans sa plus petite largeur, et plus de cinq dans sa largeur la plus grande.

» Les bords du côté de l'ouest offrent, dans presque toute leur étendue, des terrains plats qui s'étendent à plus de douze lieues dans cette direction, et sont arrosés par un grand nombre de petites rivières et de ruisseaux, tandis que ceux de l'est sont cernés par une suite de montagnes à pic plus ou moins élevées, présentant à leur pied quelques baies où peuvent se former de petites habitations agricoles ; et l'un et l'autre bords sont couverts de forêts qui annoncent une vigoureuse végétation.

» Au delà des bords élevés de l'est s'étendent de magnifiques terrains plats, propres à l'agriculture lorsqu'ils auront été défrichés.

» Ce golfe, dont les eaux ne sont jamais agitées, au moins dans sa partie inférieure, quelles que soient la direction et la force du vent, et ne renfermant d'autres écueils que quelques bancs faciles à éviter, peut recevoir les plus grands navires, auxquels il offre, dans presque toute la ligne de son milieu, 28 brasses de profondeur, et plus de 8 à 12 près de terre dans la plus grande partie de son contour.

» Il est à remarquer que les montagnes qui bordent le golfe à l'est, ainsi que la grande Cordillière qui s'aperçoit dans le lointain, s'abaissent si considérablement à la simple vue, du N. E. au S. O., qu'elles autorisent à considérer comme certaine la possibilité d'ouvrir du Golfo Dulce, à un port de l'Atlantique, une communication facile par le moyen d'un chemin de roulage ou de fer.

» La salubrité du climat à Golfo Dulce est prouvée par le séjour d'une soixantaine d'habitants de Chiriqui, établis sur ses bords depuis plusieurs années, sans qu'aucune maladie grave se soit manifestée parmi eux, et par le rétablissement complet de ceux qui y étaient venus en mauvaise santé.

» Le thermomètre, pendant tout le mois de juin, s'y est maintenu de 20 jusqu'à 23° Réaumur, à midi (une seule fois il est monté à 24 et une autre fois à 24 1/2) ; mais la chaleur y est tellement diminuée par une brise constante , soufflant ordinairement du N. O. le matin, et du S. E. le reste du jour, qu'on peut dire qu'elle y est modérée, et les nuits y sont soujours fraîches.

» La côte orientale du golfe étant bordée de montagnes couvertes de hautes forêts, reçoit des pluies presque chaque jour de l'année ; mais les terrains plats de l'ouest sont favorisés de deux saisons : celle des pluies et celle de la sécheresse, qui règnent dans tout le

pays, avec cet avantage particulier, que la saison de la sécheresse n'y est jamais entièrement privée d'eau, ce qui y entretient
une végétation continuelle qui permet de semer presque en tout
temps : aussi les habitants de ces parages y font-ils deux et même
trois ensemencements de maïs et de riz à l'année.

» Les productions naturelles de Golfo Dulce et de ses environs sont nombreuses : nous citerons les principales de chaque
règne.

» *Règne végétal* : Caoba, cèdre, gaïac et autres bois propres à
la construction et à l'ébénisterie ; copahu et autres baumes, sandal,
cédron, cocos en abondance et autres palmiers de diverses espèces ;
cacao, vanille, salsepareille et autres plantes médicinales ; pita ou
soie végétale en grande quantité, caoutchouc, etc. Les habitants
cultivent avec succès, bananiers, cannes à sucre, maïs, riz (sur
des terrains non inondés), haricots, ignames, manioc et autres
légumes et racines ; coton, gingembre, arachides ; orangers,
citronniers, tamarins, goyavier, manguier et autres arbres à
fruits.

» *Règne animal* : Jaguars, sangliers de plusieurs espèces, daims,
cerfs, lièvres, singes, pavas, perdrix, canards et autres oiseaux ;
poissons d'eau douce et de mer, tortues qui donnent l'écaille ;
huîtres à perles ; coquillages pour la teinture pourpre.

» *Règne minéral* : Il existe des mines d'or, d'argent et de charbon de terre : des échantillons ont été portés à l'essai et ont été
trouvés très riches.

» Telles sont les connaissances que nous avons acquises pendant quarante jours d'exploration personnelle de Golfo Dulce, et
dont voici le résumé : Ce golfe peut recevoir et abriter les flottes
les plus considérables ; ses bords, par leur différence de hauteur,
offrent une grande échelle de climats divers ; sa salubrité est incontestable. La fertilité des terrains plats offre au cultivateur
l'assurance qu'il ne le défrichera pas en vain. Tandis que les

montagnes permettent l'établissement de quelques habitations pour la culture ou pour l'élève du bétail, elles présentent au mineur l'espérance bien fondée d'y rencontrer de riches mines, et elles offrent au capitaliste spéculateur l'exploitation de bois plus ou moins précieux, plus ou moins utiles. Enfin, le pêcheur lui-même peut exercer avantageusement son industrie dans les eaux de ce golfe qui, nous l'avons dit, nous paraît pouvoir être mis facilement en communication avec l'Atlantique, par le moyen d'une route ordinaire ou d'un chemin de fer. Nul point du globe, par conséquent, ne saurait offrir plus de certitude de réussite pour la fondation d'une colonie.

» Louis CHÉRON,

» Voyageur français aux Philippines, dans l'Inde et dans l'Amérique centrale. »

Santiago de Veragua.

A Monsieur Victor Herran, *ministre plénipotentiaire de Honduras y de San-Salvador, en France.*

« A la fin de juillet dernier, j'ai répondu à votre lettre du mois de mai, et je m'empresse aujourd'hui de satisfaire à votre honorée de juillet, pour vous donner tous les renseignements qui sont en mon pouvoir sur ce que vous me demandez.

» La localité de Boca del Toro est de toute beauté, surtout à cause des ports qu'elle renferme, comme vous le démontrera la courte notice que je vous envoie.

» La côte de ce territoire forme un arc de 25 à 30 lieues de courbe, et, d'une extrémité à l'autre de cet arc, il existe une rangée d'îles qui semblent le fermer, laissant entre elles des canaux ou bouches navigables pour des navires du plus fort tonnage; cette rangée d'îles, que l'on peut appeler la corde de l'arc que trace la côte, offre l'aspect le plus pittoresque, et forme deux ports d'une grandeur considérable : ce sont la baie de l'Amiral et le lac de Chiriqui, capables de contenir des milliers de navires parfaitement abrités.

» Les vents peuvent se déchaîner et souffler avec la plus grande violence, ils ne feront pas même rider la superficie des eaux ; elle se conserve toujours unie comme un miroir.

» Il y a partout 6, 8, 12 brasses et plus, de profondeur jusqu'aux bords de la plage.

» Le terrain des îles est excessivement fertile, le climat est tempéré et sain ; les bois d'ébénisterie et de construction y sont fort abondants, particulièrement celui désigné par les Anglais sous le nom de *spanish olive*, d'une durée éternelle et que l'on emploie à la construction des navires.

» Quant à la partie adjacente de la terre ferme, elle est de la plus grande magnificence ; on y rencontre nombre de vallées très étendues, bien boisées, bien arrosées, dont les terres sont d'une fertilité extraordinaire.

» Il existe un chemin qui communique avec le village de David, qui, comme vous le savez, est situé sur la mer Pacifique, près du Golfo Dulce, dans la République de Costa-Rica. Les habitants de Chiriqui le fréquentent beaucoup, et la correspondance est quelquefois dirigée par cette voie ; mais ce chemin est mauvais, ce n'est qu'un sentier qu'il est cependant très facile d'améliorer. J'ai toujours pensé que c'était le point de l'isthme qui devait être choisi pour y établir la communication entre les deux mers.

» Les habitants de Chiriqui, malgré les difficultés de cette mauvaise route, la parcourent à pied en deux jours.

» On ne sait pas s'il existe dans cette localité des mines d'or, d'argent ou de cuivre, parce qu'elle n'a jamais été explorée ; mais elle est si voisine des terrains minéralogiques de Veragua, qu'il est probable qu'elle participe des mêmes dons de la nature. Le charbon de terre s'y trouve certainement, car on a ramassé très souvent, dans une rivière qui a son embouchure dans la baie de l'Amiral, des morceaux de charbon entraînés par le courant.

» Vous dites avec raison qu'il est très étonnant que ce superbe pays soit encore si peu connu. Je connais beaucoup de contrées d'Amérique, vous le savez ; cependant, je n'ai rien vu qui puisse lui être comparé, et qui soit aussi favorisé pour les produits naturels du sol.

» Je vous le répète, la communication des deux océans, dont on a tant parlé, doit être entreprise entre la côte de l'Atlantique et Golfo Dulce, ou entre Boca del Toro et David, ou les ports voisins de Charco-Azul, ou de Golfo Dulce, parce que c'est la ligne qui offre le plus de facilité et le plus d'avantages réels de toutes sortes.

» Agréez, etc.

» LA BARRIÈRE,

» Capitaine de vaisseau et Sénateur de la province de Veragua. »

RAPPORT

DU CAPITAINE COLOMBEL

SUR

LE GOLFO DULCE,

Pour servir à la colonisation et à l'explication de la carte de cette partie de la côte du Pacifique.

— ⋯ ◦◦◦ ⋯ —

Envoyé par les concessionnaires pour planter, le premier notre drapeau à Golfo Dulce, nous sommes arrivé à notre poste.

Pendant notre séjour dans ces lieux, parcourant chaque baie, visitant chaque ruisseau, nous avons pu réunir des notes authentiques que nous allons résumer aujourd'hui.

Parmi nos travaux, nous citerons surtout le chemin de *Terraba* au golfe que nous avons fait tracer, nous attachant particulièrement à cette partie inconnue de la voie projetée reliant le Pacifique à l'Atlantique par le sentier des Indiens, qui les conduit de *Terraba* à la côte de l'Atlantique.

Un mois avant notre départ de cette colonie naissante pour *San-José,* à laquelle nous prenons un grand intérêt, aidé des connaissances de notre ami et collègue le capitaine *S. Lallier,* nous avons pu compléter nos travaux par un plan exact du golfe, et par de nouvelles notes.

Nos observations seront impartiales ; nous avons fait notre possible, surtout, pour nous prémunir contre l'exagération si facile, lorsqu'on parle de pays neufs. Nous parlerons donc avec sincérité de tout ce que nous avons vu.

Nos six mois de séjour, les travaux de notre ami, les nôtres, la bienveillante amitié du capitaine Mitchell, commandant le baleinier le *Jeune-Adonis du Callao*, — qui a mis son navire et ses embarcations à notre disposition pour parcourir le golfe, — sont des preuves irrécusables que ces notes ont été prises sur les lieux mêmes.

Notre résumé sera large : c'est une revue générale des notes particulières qui accompagnent le plan. Nous le diviserons en six parties.

La première comprendra l'aspect général du golfe, sa configuration, ses dangers, les vents qui y soufflent et les différents courants.

Les autres parties comprendront chacune une portion du golfe : nous indiquerons la nature du sol, ses productions et les rivières et lacs compris dans ces sections.

Notre but, en écrivant ce résumé, est d'éclairer les concessionnaires et le gouvernement de *Costa-Rica* sur une riche partie de son territoire complétement inconnue.

Nous serons largement payé de nos peines, si, secondant leurs louables efforts, nos observations peuvent être utiles aux émigrants européens; si, enfin, nous avons réussi à préparer les voies à de plus grands travaux et à attirer dans ce riche et admirable pays les populations malheureuses de l'Europe, qui y trouveront une existence assurée.

Iʳᵉ PARTIE.

L'entrée du golfe, large de cinq lieues, est exempte de dangers. Les deux pointes qui la forment sont élevées, bien tranchées, ne laissant aucun doute au navigateur.

A un tiers de mille dans l'E. S. E. de la pointe de *Matapalo* se trouve une roche plate, élevée d'environ trois mètres et demi, et pouvant être considérée plutôt comme un point de remarque que comme un danger, ses abords étant très sains.

L'aspect du golfe, qui, depuis son entrée jusqu'au *Tigrito*, court au N. 1/4 N. E., est grandiose. Rien de plus pittoresque que ces plaines couvertes d'arbres touffus, que ces couches de montagnes superposées, pour ainsi dire, les unes sur les autres, que ces teintes diverses indiquant leurs distances.

Les hautes montagnes de *Salsipuede*, en s'avançant vers le N. O., encadrent une partie plane couverte d'arbres jusqu'au rivage.

La partie droite, haute à l'entrée, s'abaisse vers le *Rio-Coto* et laisse apercevoir de riches plaines herbeuses proche du Golfito. Là, comme sur la côte du Pacifique, parfois inabordable, de *Salsipuede* à *Matapalo*, on rencontre une lisière considérable de cocotiers, l'une des richesses du pays.

Dans le N. E., on devine, aux coupures des montagnes, des haies, de riches vallées qui, déboisées un jour, fourniront des sites avantageux pour y fonder des *haciendas* (fermes).

A la hauteur de *Punta-Arenitas*, le golfe se resserre et se dirige brusquement vers le N. O., et l'on est tout étonné, en approchant de cette pointe, de voir se dérouler un nouveau tableau, d'apercevoir un nouveau golfe, — si je puis m'exprimer ainsi, — dont le parcours est d'environ sept lieues.

Les mêmes plaines boisées que nous avons signalées depuis *Matapalo* à *Punta-Arenitas* s'observent dans l'ouest de cette seconde partie de *Golfo Dulce*. Le fond et le N. E. jusqu'au *Golfito* sont couronnés de hautes montagnes couvertes d'arbres gigantesques et venant mourir à la mer. On aperçoit dans le lointain la haute chaîne des Andes, courant de l'ouest à l'est.

La nouvelle direction que prend le golfe, à partir de *Punta-Arenitas*, ne permet pas aux vents du large de grossir la mer dans cette seconde partie. Cette circonstance, jointe à l'excellent fond qu'on y rencontre, fait de *Golfo Dulce* un port qui peut lutter avec les plus beaux du monde.

Sa position géographique, sa configuration, lui prédisent un brillant avenir, et nous ne doutons pas que, le chemin achevé, *Golfo Dulce* ne devienne le premier port de l'océan Pacifique.

DANGERS.

A part la roche dont nous avons parlé plus haut, le navigateur n'a rien à redouter jusqu'à la pointe du *Tigrito* (côté gauche du golfe). Nous conseillons aux marins de choisir de préférence la côte bâbord, surtout pendant les heures du jusant. Ils sont toujours assurés d'un bon mouillage par un fond de six à huit brasses. Le passage entre la terre et la roche de *Matapalo* ne peut convenir qu'aux embarcations ayant vent sous vergues ou secondées par le flot.

Dans l'est de la pointe du *Tigrito* se trouve un banc qui s'étend à un mille au large environ, et sur l'extrémité duquel il existe deux roches hautes de deux mètres, à mer basse, et distantes l'une de l'autre d'une encâblure. Le passage entre ces roches et la terre ne doit pas être pratiqué, même par de petits navires d'un faible tirant d'eau. La baie que forme la pointe du *Tigrito* avec la pointe sud de *Punta-Arenitas* est peu profonde. La mer, gonflée par la *Virazon* du S.-E., y brise presque toujours sur des bas-fonds dans toute son étendue.

Depuis *Matapalo* jusqu'à *Punta-Arenitas*, en se tenant toujours de un mille et demi à deux milles des pointes, sans chercher à suivre les sinuosités de la plage, on rencontre un chenal régulier de six, sept et huit brasses françaises; au large, le fond augmente de trois, quatre et cinq brasses.

Dans l'est de la pointe de *Punta-Arenitas*, à la distance d'un tiers de mille environ, il existe un banc sur lequel, à mer basse, il reste à peine une brasse. Sa plus grande longueur, de l'ouest à l'est, n'a pas un mille; sa largeur est d'un quart de mille.

Le mouillage de *Punta-Arenitas* est dans le N. N. E. de la pointe, distance un demi-mille, fond dix-sept brasses. Au N. 1/4 N. O., à une demi-encablure de terre, on peut mouiller par onze brasses; mais ce mouillage ne peut convenir qu'aux petits navires.

Entre le banc dont nous avons parlé et la pointe, il existe un passage pour des navires d'un grand tirant d'eau; mais nous ne conseillons qu'aux pratiques de la côte de s'y aventurer.

Le fond de l'*Ensenada* (petite baie) de *Punta-Arenitas* reste à sec à mer basse. L'établissement de ce port est à trois heures dix minutes. La mer marne généralement de dix à onze pieds, et dans les grandes marées de quinze pieds. Elles ont lieu deux et trois jours après les syzygies.

Il serait dangereux de s'approcher de la côte jusqu'au *Tigre*, plus près d'un mille. Le fond, à cette distance, presque égal, varie sensiblement en s'approchant du rivage.

La pointe de la rivière du *Tigre* s'avance d'un mille dans la mer, et elle reste à sec aux basses marées.

Depuis le *Tigre* jusqu'au fond du golfe (le Rincon), il n'existe aucun danger, ayant soin de se tenir toujours à la distance d'un mille des pointes.

Dans la partie N. O., le fond, en augmentant, permet de rallier davantage la côte; nous conseillerons cependant aux marins de passer au large des *Ilotes*. Ces petits îlots sont liés entre eux par des chaînes de roches et de coraux qui réclament l'habileté d'un pilote pratique.

A l'embouchure de la rivière de *las Esquinas*, à une distance de deux milles, il existe un banc sur lequel il reste peu d'eau. Le chenal, assez profond d'ailleurs, est près de la pointe du même nom. Ce passage ne peut servir qu'aux petits navires, le fond diminuant sensiblement en s'approchant de la rivière.

De la pointe de *las Esquinas* au *Golfito*, le fond est considérable, même sur la côte, sans danger aucun. Un seul petit banc, à l'entrée du *Golfito* (côté bâbord), est l'écueil unique; mais sa proximité de la terre, — moins d'une demi-encâblure, — le rend complétement inoffensif. Le chenal du *Golfito*, à mi-distance des deux pointes, est de six à neuf brasses.

Du *Golfito* au *Rio-Coto*, il ne convient pas de s'approcher à plus d'un mille et demi de terre, à cause des grandes variations du fond.

Dans l'O. S. O. du *Rio-Coto*, on rencontre un banc de roches qui brise toujours, et qui se prolonge à trois milles de son embouchure; le chenal se trouve dans la partie sud.

Le fond, sur toute la côte droite du golfe, est bien plus considérable que dans toutes les autres parties. On y rencontre vingt-cinq jusqu'à quarante-cinq brasses; mais la mer plus houleuse, malgré les vents qui soufflent parfois de ses sommets, en rend l'approche plus difficile.

VENTS.

Les vents qui soufflent le plus généralement, et surtout l'été, sont ceux du S. E. Ils commencent à midi pour finir à cinq heures du soir, repoussés par la brise de la terre, qui dure, en prenant par l'ouest jusqu'au N. O., toute la nuit et quelquefois la matinée. Cette fraîcheur du N. O. n'est pas comparable à la *Virazon* du S. E. Il faut des orages pour augmenter sa vigueur.

L'hiver, les vents de l'est, de l'E. S. E. sont plus violents; ils dégénèrent en coups de vent. Du reste, la proximité des terres, comme nous l'avons dit plus haut, ne permet pas à la mer de grossir ni de s'élever. La force du vent, sur un navire mouillé par un bon fond, sera toujours vaincue, si la mer ne vient pas lui prêter son formidable appui. Les navires, au mouillage, n'ont donc rien à redouter de la violence de la mer. La configuration du golfe, encadré de toutes parts par de hautes montagnes, met principalement sa seconde partie à l'abri des mauvais temps.

COURANTS.

Près de la pointe de *Matapalo* les courants très forts du flux et du reflux suivent les sinuosités de la terre. Leur plus grande vitesse est de deux milles. Au milieu de l'entrée du golfe, le flux a peu de puissance, le jusant porte au S. E.

La force des courants diminue en approchant de la pointe *Sombrero* jusqu'au fond du golfe (côté gauche); elle varie d'un mille à un demi-mille depuis le fond du golfe, jusqu'à la pointe *San-Pedro*. Les courants sont les mêmes.

La plus grande vitesse s'observe depuis la pointe *Banco* jusqu'au *Golfito*. Malgré les variations contraires, occasionnées sans doute par la configuration de la côte, il n'est pas rare de rencontrer sur le côté (tribord) des courants filant jusqu'à trois milles à l'heure; il est donc bien essentiel de calculer l'heure de la marée, quand on range, en entrant, la partie droite du golfe.

IIᵉ PARTIE.

La seconde partie comprend *Salsipuede*, *Matapalo* jusqu'à *Punta-Arenitas*, inclusivement.

La côte sablonneuse du *Salsipuede* est aussitôt bordée par de hautes montagnes boisées, d'un sol vigoureux et argileux. Les bords de la mer sont couverts de cocotiers qui sont, sans contredit, de la plus belle espèce. Une plage de 40 mètres environ sépare cette lisière de la mer. Le ressac en rend l'exploitation difficile; et, avant l'ouverture d'un chemin du petit port de *Matapalo* à cette côte, on ne peut guère espérer d'utiliser ces beaux produits de la

nature. Il faut dire aussi que ce ressac abrite cette forêt de cocotiers de dévastations étrangères.

.Une petite rivière très poissonneuse, appelée le *Rio-Piro*, amène
chaque année les Indiens, qui viennent faire la pêche et enlever
l'écorce de l'arbre qui produit le *caoutchouc*, pour s'en faire une
étoffe qui leur sert de couvertures. L'embouchure de cette petite
rivière, torrent pendant la saison pluvieuse, est encombrée de
bancs de sable qui la rendent très difficile.

Le fond de cette section est couvert par les hautes montagnes
de *Salsipuede*, se dirigeant vers le N. O. — En doublant la pointe
Matapalo, on découvre les plaines boisées qu'elles encadrent. Au
petit port de ce nom, on rencontre encore quelques cocotiers pour
ne plus les revoir qu'en petit nombre au *Tigrito*, à *las Palmas*, et
les perdre pour toujours sur la côte gauche du golfe.

Le terrain de cette partie, depuis la mer jusqu'au pied des
montagnes, est plat, léger et un peu humide. Un petit ruisseau
appelé *le Tigrito*, presque à sec dans la belle saison, se trouve à
mi-distance de *Matapalo* à *Punta-Arenitas*. On y rencontre des
arbres gigantesques, propres aux constructions, quelques bois de
teinture, le *cèdre*, le *cédron*, la *salsepareille* et la *palme* employée
généralement à couvrir les maisons du pays.

Nul doute que ce terrain ne soit convenable pour les champs
de maïs, riz, etc. Le petit défrichement opéré par les habitants de
Punta-Arenitas confirme notre opinion.

Dans cette partie est comprise la pointe de ce nom, sur laquelle
les premiers habitants du golfe ont fondé une petite colonie. C'est
une pointe de sable resserrée entre la mer, qui empiète chaque
jour, et un petit ruisseau auquel on a donné pompeusement le
nom de rivière; ruisseau ou rivière qui ne peut être remonté que
par de faibles embarcations, à l'heure de la marée.

L'absence d'arbres sur cette pointe de sable, en épargnant le
travail aux premiers habitants, les a, sans doute, engagés à se fixer

sur ce lieu ; les autres ont imité, c'est l'ordre naturel. Les feux d'un soleil brûlant leur font payer bien cher leur résolution ; on ne respire à l'aise qu'à l'heure de la *virazon*.

Quelques expériences faites sur des semences d'Europe ont amené de beaux résultats. Que sera-ce donc, un jour, quand on pourra ensemencer les revers des montagnes, en observant les degrés de température nécessaire ?

Le village de *Punta-Arenitas* possédait, quand nous l'avons quitté, vingt maisons, dont sept appartenant aux concessionnaires, destinées à loger provisoirement les premiers arrivants et les hommes à notre service. Le manque de bras, la nécessité des relations journalières nous ont forcé de construire sur cette plage aride, mais très saine.

La population, d'environ 150 personnes, était en voie de progression croissante. L'élan donné par notre présence se soutiendra, nous n'en doutons pas aujourd'hui, car notre établissement assurera aux habitants un débit certain de leurs produits, et ils pourront s'approvisionner, sans frais, des objets de première nécessité.

La population est composée de naturels de *Costa-Rica* et de la *Nouvelle-Grenade*. Le temps, une administration sage, juste et sévère, l'arrivée de colons européens surtout, en fournissant des ouvriers et des hommes laborieux, attireront les Indiens des villages circonvoisins, et feront, en peu de temps, un port important sur le Pacifique. La fertilité de la terre, le peu de travail auquel l'homme est astreint pour y trouver sa nourriture, les nouveaux besoins de cette population, mise en contact avec nos travailleurs européens, attireront encore de nouveaux émigrants, dont les désirs seront excités par la facilité des relations. Ces hommes, possesseurs d'un champ, s'habitueront à l'ordre et à la vie sociale. Rien n'attache au pays comme le coin de terre que l'on cultive, d'autant plus que les mœurs des habitants de cette partie de l'Amérique sont douces, et le gouvernement du pays paternel, libéral et protecteur.

IIIe PARTIE.

Cette section comprend depuis le *Rio de Punta-Arenitas* jusqu'à celui *del Rincon*, que nous décrirons également.

Le prolongement des chaînes de montagnes, en se continuant vers le N. O., conserve une partie plane semblable à celle déjà décrite au numéro 2. — Sans contredit, cette section peut passer pour la plus riche du golfe, pour la plus propre à fonder des *haciendas*. Trois rivières, qui ne tarissent jamais, dont les deux extrêmes, le *Tigre* et le *Rincon*, peuvent porter des embarcations de huit à dix tonneaux, promettent de doubler la fertilité de cette partie.

La nature du sol est la même que celle décrite au n° 2; ses productions les mêmes. On y rencontre de plus l'arbre qui donne le baume de *tolu*. C'est dans cette section que la majeure partie de la population de *Punta-Arenitas* a choisi les terrains qu'elle cultive. Un habitant établi sur les bords du *Tigre*, et possesseur de quarante têtes de bétail, prouve tous les jours le parti que l'on peut tirer de cette heureuse situation.

C'est près du *Tigre*, sur les bords du golfe, que nous avons choisi le terrain destiné à la construction d'une grande ville. A droite, nous nous étendons jusqu'aux rives du *Tigre*; à gauche, nous rejoignons une petite baie. Le fond nous conduit de nouveau au *Tigre*, qui, par ses contours, entoure ainsi l'emplacement choisi par nous. Sur la rive opposée du *Tigre*, de riches plaines d'un déboisement facile, doucement inclinées jusqu'au pied des montagnes, nous assurent un jour des champs d'une fertilité extraordinaire.

Les eaux de cette rivière, dont le cours peut sans peine être amélioré, sont excellentes. C'est en ce lieu que les navires baleiniers viennent renouveler leur provision.

Nous avons fait construire, sur les lieux où devront commencer les travaux, une grande maison pour loger les ouvriers. Nous avons fait pratiquer un chemin qui conduit à la rivière, située à dix minutes de marche.

La *palme*, dont nous avons parlé, croît en abondance sur les bords du *Tigre*; la *salsepareille* y est de bonne qualité. On le voit, tous les matériaux propres aux constructions diverses abondent sur les bords du golfe, et se trouvent à la portée du travailleur sans de grandes difficultés ; bois de toute essence pour la bâtisse et pour l'ébénisterie ; palmes pour couvrir les maisons ; chaux procurée par les coquillages et les madrépores ; terres glaises pour briques, tuiles et poteries ; pierres et granits de différentes espèces. — Dans nos excursions, nous avons fréquemment rapporté de la cire et du miel.

Comme nous l'avons dit, avant d'arriver à la pointe de *las Palmas*, on rencontre une petite rivière, moins considérable que le *Tigre*, venant se jeter à la mer au fond d'une large baie. C'est encore une des situations heureuses du golfe, une de celles qui promettent dans l'avenir. — Des échantillons de ses sables aurifères ont été pris par nous ; ils sont soumis à un examen approfondi.

A *las Palmas*, pointe qui s'avance beaucoup dans la mer, on voit deux cocotiers, sans pouvoir deviner si on les doit à la main des hommes. Outre les rivières dont nous avons fait mention, nous signalons, dans cette section, un grand nombre de petits filets d'eau qui aideront encore à la fertilité.

Le fleuve du *Rincon* se jette à la mer par deux embouchures au travers des mangliers. Son cours, entravé par les sables qui se sont amoncelés par suite des arbres couchés de toute leur longueur dans son lit, pourrait être facilement rendu praticable.

La partie gauche, en montant, est couverte d'arbres d'une grande élévation. Nos courses dans l'intérieur nous ont prouvé la fertilité du sol; mais, après deux lieues environ, nous avons dû renoncer à pénétrer plus avant; le manque de bras nous ôtait la possibilité de nous ouvrir un chemin.

A une lieue, sur le côté droit, on rencontre des plaines herbeuses, des *platanars* (plantations de bananiers), signe infaillible que des Indiens ont habité ces lieux. Une hache en pierre, trouvée au *Rincon* même, viendrait dissiper nos doutes, si nous en conservions à cet égard.

IVe PARTIE.

Cette section comprend le fond du golfe, depuis la rivière du *Rincon* jusqu'à celle de *las Esquinas*, exclusivement.

De hautes chaînes de montagnes, dont les pieds sont baignés par la mer, des forêts impénétrables, un sol argileux et puissant, quelques rares plages de sable sur lesquelles les torrents de l'hiver se précipitent vers la mer : voilà tout ce que l'on sait de cette partie boisée dominée par la haute cime des Cordillières.

Dans cette section se trouve un grand lac que, de *Burruca*, on aperçoit à ses pieds. On estime qu'il peut avoir huit lieues de circonférence. Couvert d'herbes et de jonc, il nous eût fallu des embarcations pour l'explorer, et le temps nous a manqué pour le parcourir convenablement ; aussi serons-nous très circonspect en parlant de lui.

A quelques encâblures de la côte se trouvent trois îlots très poissonneux et renommés pour la pêche des perles qui s'y fait dans leurs eaux. Les huîtres perlières de *los Ilotes* sont grandes et parfois riches.

Dans nos excursions, nous avons rencontré l'arbre qui produit le baume de *tolu*. Un échantillon de ce baume, quelques sables aurifères, de belles coquilles de nacré, voilà ce que nous avons rapporté de cette section presque inconnue des habitants eux-mêmes. Les singes, les sangliers, les cerfs, les lièvres et même quelques tigres, se trouvent aussi dans cette 4ᵉ partie.

Vᵉ PARTIE.

Cette section, qui comprend la rivière des *Esquinas* jusqu'au *Golfito* inclusivement, est destinée, malgré les pluies abondantes qui tombent quelques heures tous les jours dans la mauvaise saison, à devenir une des plus peuplées du golfe.

Les plaines seront déboisées; les montagnes seront ensemencées; des villages s'élèveront dans ces lieux sauvages : tout cela grâce à la voie de communication projetée entre les deux mers qui doit traverser cette section.

Cette partie est également couverte de montagnes au bord de la mer. Ce n'est qu'en pénétrant dans les terres que l'on rencontre les plaines que nous avons décrites aux numéros précédents. La chaîne des Cordillières s'abaisse vers le N. E., dans la direction de *Boca del Toro*. Cette coupure, jointe à la direction du cours de *las Esquinas*, présage des travaux faciles pour établir le chemin projeté. En descendant vers la pointe *San-José*, on rencontre de riches vallées arrosées par de nombreux cours d'eau. Ces vallées, plus belles que dans toute autre partie du golfe, semblent prédire un avenir propère aux *haciendas* (fermes) qui se formeront en ces lieux.

La rivière de *las Esquinas*, qui prend sa source dans la Cordillière, est large à son embouchure et possède un chenal de trois à cinq pieds, à mer basse, creusé au milieu des sables qui obstruent son entrée. Son parcours est, pendant trois quarts de lieue, bordé de mangliers; puis les mêmes arbres que nous avons observés dans les autres sections s'élèvent sur ses rives.

Notre ami, le capitaine au long cours Lallier, l'a remontée pendant environ six lieues. Elle peut porter de petits navires jusqu'à trois lieues de son embouchure; alors elle ne devient navigable que pour les embarcations. Sa direction est de l'E. N. E. à l'O. S. O.; sa plus grande largeur est de un quart de mille.

Les entraves formées par la chute des arbres étant enlevées, ce qui serait très facile, nul doute que ce ne soit de cette rivière que parte un jour la voie de communication à établir entre les deux mers.

C'est là, après avoir contourné le lac dont nous avons parlé dans la partie précédente, qu'est venue aboutir la *picadura* (sentier) que nous avons fait ouvrir entre *Terraba* et *Golfo Dulce*.

C'était la seule partie inconnue du chemin projeté; c'était celle qui nous intéressait le plus. Nous forcions les deux peuplades du *Burruca* et de *Tarraba* à venir s'approvisionner au golfe, et déjà le succès a confirmé nos espérances.

Nous avons fait reprendre la *picadura* sous la direction de notre ami, le capitaine Lallier. Ces travaux nous ont enrichi de notes précieuses sur cette partie du golfe entièrement inconnue, et nous ont donné la certitude de pouvoir ouvrir, dans cet endroit, une route facile pour *Boca del Toro*.

La direction de *las Esquinas*, que nous avons donnée plus haut, prouve de quelle utilité et de quelle économie elle serait dans les travaux de communication; c'est cette pensée qui nous a guidé dans notre étude sur cette section.

Nous avons rencontré sur les bords de cette rivière plusieurs *platanares* (plantations de bananiers) semés, sans aucun doute, par les Indiens avant leur retraite dans l'intérieur; de la *salsepareille* de bonne qualité. Le poisson abonde dans ses eaux; c'est, sans contrédit, le meilleur que nous ayons rencontré dans nos excursions.

La côte, depuis la pointe de *las Esquinas* jusqu'au *Golfito*, est formée de montagnes boisées, encadrant de jolies baies. Là on trouve l'*acajou*, le *guyacan*, le *cèdre*, le *bois de sandal*, l'arbre qui fournit le *copahu* et diverses espèces de bois de teinture. On le voit, par cette petite nomenclature, c'est la partie la plus riche par ses productions naturelles; c'est aussi la mieux partagée en animaux sauvages, tels que cerfs, tigres et sangliers de trois espèces.

Le *Golfito* peut, à juste titre, être nommé un lac salé. Jamais ses eaux ne sont troublées; les vents en descendant, même avec force, des cimes des montagnes qui l'entourent, ne soulèvent pas ses flots tranquilles. L'espace est trop resserré; il ne permet pas aux lames de naître. Lui, aussi, possède des cours d'eau qui ne tarissent jamais, et une vallée qui se perd derrière les montagnes de la pointe *San-José*; vallée fertile, arrosée par une petite rivière. La plus grande longueur du *Golfito* est de six milles; sa largeur de un mille et demi. Une presqu'île possédant une quarantaine de cocotiers, qui ne tient à la terre ferme que par un amas de mangliers, le sépare, pour ainsi dire, en deux parties. Dans la première, celle qui forme l'entrée, se trouve cette vallée dont nous avons parlé. Dans la seconde, la plus profonde en étendue, le *Golfito* se rapproche de la rivière *del Coto*. Le fond et la partie gauche sont dominés par des montagnes. La partie droite est bordée de mangliers. Une seule langue de terre, complétement nue, large d'environ quinze mètres, le sépare de la mer. On y rencontre, un peu plus loin, une petite rivière tellement encombrée par les mangliers, qu'il nous a été impossible de la remonter. Les huîtres perlières du *Golfito* jouissent de la même réputation que celles des *los Ilotes*. Du reste, tous les bancs de ces *testacés* sont beaucoup plus profonds dans le Nord, N. E et l'Est du golfe que dans l'Ouest et le S. O. En revanche ils sont plus productifs.

On pêche, vis-à-vis de *Punta-Arenitas*, par quatre brasses; près du *Tigre*, par deux et trois; aux îlots, par quatre, cinq et six; au

Golfito, par sept, huit et même *onze* brasses. Le *Golfito* est un immense bassin naturel dans une grande baie; il peut faire le plus beau port militaire du monde.

VIᵉ ET DERNIÈRE PARTIE.

Cette section comprend le *Rio-Coto*, le cap *Blanco*, et s'étend jusqu'aux limites des terres appartenant à la Compagnie.

Le terrain change d'aspect; la chaîne des montagnes s'abaisse. Plus de ces arbres gigantesques, une côte sablonneuse garnie d'une muraille de cocotiers; dans le fond, un immense plateau, des plaines herbeuses : telle est la vue de la côte de l'Est.

A partir du *Rio del Pavon*, la chaîne des montagnes se redresse pour former l'entrée droite du golfe, et s'en va, en s'inclinant, vers la pointe *Burruca*, laissant une large plage bordée de cocotiers.

Derrière ce magnifique plateau, qui promet une abondante nourriture aux bestiaux, se trouve une lagune impénétrable aux voyageurs, qui les oblige, pour se rendre à *David* (*Chiriqui*), à cheminer presque constamment sur la côte.

Cette partie est la plus fréquentée par les embarcations de *Chiriqui* et de *Costa-Rica* qui viennent, pendant la belle saison, y faire des chargements de cocos pour les transporter soit à *David*, soit à *Punta-Arenas*, dans le golfe de *Nicoya*, où, généralement, ils se vendent à raison de 1 à 2 dollars le cent.

Une embarcation contenant 10,000 cocos pelés avec les moyens usités dans le pays, peut se charger en dix jours. Nous avons vu des hommes en peler jusqu'à 1,200 dans un jour; mais c'est une exception, la moyenne est de 500 à 600. — Ce travail se pratique au moyen d'un morceau de bois très dur planté dans la terre, dont l'une des extrémités est coupée en biseau, et sur laquelle on frappe le coco pour lui enlever son écorce.

Le fleuve principal de cette section est le *Rio-Coto*, dont la direction est de l'E. N. E. à l'O. S.-O. — Son embouchure, obstruée par les sables et par un banc de roches s'étendant au large, n'est praticable qu'aux petits navires et à mer haute.

Aussitôt la passe franchie, le fond augmente considérablement; et, pour l'étendue comme pour le parcours, ce fleuve n'a d'autre rival que *las Esquinas*.

Jadis il existait un chemin conduisant de *Terraba* au *Rio-Coto*. Mais, peu suivi, il a été envahi par une végétation vigoureuse.

Il nous reste à citer la petite rivière *del Pavon*, très importante, et, un port appelé port *del Banco*, servant de refuge aux petites embarcations.

Cette section est riche en productions naturelles. On y rencontre, outre celles que nous avons citées dans la cinquième partie, la *vanille* et le *cacao*.

Pendant un de nos voyages à *Punta-Arenas*, dans le golfe de *Nicoya*, nous avons entendu parler de la mine de charbon de terre découverte à *Terrava*, et annoncée par les journaux de *Costa-Rica*. — Quant à nous, nous n'avons rencontré, jusqu'à ce jour, que des échantillons de bois carbonisé, ou anthracite; ces échantillons nous font espérer que, par des fouilles, on trouvera la continuation des veines de *Terrava*, car on nous assure que, sur les côtes, du véritable charbon de terre a été découvert. C'est possible, c'est même très croyable; mais, jusqu'à complète vérification du fait, nous ne nous permettrons pas de le certifier.

Tel est le résumé des notes prises pendant notre séjour au golfe. Nous y ajouterons l'état du thermomètre observé avec soin dans nos excursions. Au matin, il marquait 77° (Farenheit); à midi, 89°; le soir, 84°. — Sa plus grande variation, dans nos voyages, à l'intérieur, à quatre et cinq lieues des bords du golfe, n'a pas dépassé deux degrés.

Le climat est généralement sain. La saison sèche, ou été, commence en décembre pour finir en avril. L'hiver, ou saison pluvieuse, dure le reste de l'année. On rencontre cependant quelques parties privilégiées dans le golfe, sur la côte ouest, où il tombe beaucoup moins de pluie que sur la côte de l'est. Cette saison pluvieuse n'est point particulière au golfe, comme on pourrait le croire ; elle existe sur tout le territoire de la république de *Costa-Rica*, et en fait la richesse, sans que la mortalité soit plus considérable, même parmi les étrangers.

Il est bon d'observer que, pendant la saison pluvieuse, les averses ne tombent pas continuellement toute la journée. En général, les orages commencent vers midi et se succèdent par fois, à diverses reprises, jusqu'au coucher du soleil. Dans les intervalles, le ciel reparaît aussi beau et aussi serein qu'auparavant, et permet aux habitants de se livrer à différents travaux. Ces pluies, loin de nuire, font la richesse de ces heureux climats. Ce sont elles qui, avec la chaleur, fertilisent les terres et produisent cette végétation luxuriante que l'on ne rencontre que dans ces pays intertropicaux. Les pluies, en grossissant les rivières et les cours d'eau, facilitent le transport des bois, matériaux et produits de toute nature qui descendent des plateaux élevés à la côte. Ces averses, au lieu d'être un inconvénient, deviennent donc un avantage marqué pour les productions du sol, et procurent aux cultivateurs plusieurs récoltes dans l'année.

Enfin, dans l'étendue des terres de la concession, on trouve, en outre des animaux dont nous avons parlé, des haras, des perroquets, des paons sauvages, des perdrix, des canards et autres volatiles d'Europe et d'Amérique. On y rencontre également des fruits, tels que bananes, citrons, oranges, tamarins, ananas, mangues, etc., ignames, pommes de terre et légumes de toutes espèces, des bois de construction, d'ébénisterie et de teinture, des palmiers, des bambous et des palmes.

Les émigrants trouveront donc sur cette terre promise tous les objets nécessaires à leur existence et à leur industrie.

EXTRAIT

DU

RAPPORT DE L'AMIRAL PELLION

SUR

LE GOLFO DULCE

Dans l'État de Costa-Rica (Amérique centrale), d'après les travaux hydrographiques du capitaine de Laplein, commandant la corvette de S. M. I. *la Brillante*, adressé à Son Exc. le Ministre de la Marine et des Colonies.

————————

La concession du *Golfo Dulce*, qui a été faite par le Gouvernement de Costa-Rica à M. G. Lafond, citoyen français et consul-général de cette République en France, consiste en un carré de terre ayant douze lieues espagnoles de chaque côté.

Elle a pour limites, au sud, toute la côte comprise entre la pointe *Gorda* ou *Salsipuedes*, et la frontière de la *Nouvelle-Grenade* ; à l'est, cette même frontière ; à l'ouest, une ligne partant de *Salsipuedes*, remontant nord et sud pendant douze lieues espagnoles ; enfin au nord, une ligne est et ouest pour se terminer à la susdite frontière.

Le golfe se trouve ainsi entièrement enclavé dans les terres de la concession.

Cette concession lui a été accordée à charge par lui et ses coassociés de coloniser le territoire, en y envoyant quelques colons dans les trois premières années, et mille dans les quatre années suivantes. —Les colons sont exempts d'impôts et de droits de toute nature, et les ports sont déclarés ports francs pendant quinze ans pour tous les pavillons.

L'acte de concession du Congrès est du 16 octobre 1849.

Par une deuxième concession, le Congrès accorde à M. G. Lafond, une lieue espagnole en largeur, depuis les limites de la première jusqu'à l'Atlantique, le plus près possible des limites de la *Nouvelle-Grenade*. L'acte est du 6 juin 1850.

Les baies, criques, rivières, îles situées dans et vis-à-vis les terrains concédés sont comprises dans ces concessions.

Le 9 janvier 1855, M. G. Lafond a obtenu du gouvernement de Costa-Rica une prorogation de quatre années pour l'établissement des premiers colons, à partir du 1er mars 1855 jusqu'au 1er mars 1859.

Il a été accordé à M. G. Lafond un délai de douze années pour faire construire la route d'une mer à l'autre.

DESCRIPTION GÉOGRAPHIQUE ET NAUTIQUE.

L'enfoncement formé par le *Golfo Dulce* est reconnaissable par les pointes *Matapalo* à l'ouest, et del *Banco* à l'est. Ces deux pointes déterminent l'entrée dont la largeur est de quatorze milles. Le golfe court d'abord nord et sud, pendant dix-huit milles, en s'élargissant un peu vers l'Est. C'est dans cette partie qu'il présente la plus grande largeur ; elle est de dix-neuf milles environ. Il tourne ensuite à la hauteur du *Golfito* et de *Punta-Arenitas*, pour courir pendant dix-huit autres milles, suivant une direction N. O. et S. E., et se termine au pied de la Cordillière, en se rétrécissant un peu.

L'attérage, soit par l'O., soit par l'E., et la navigation du golfe, sont exempts de tous dangers. Quelques bancs, à moins d'un mille de terre, ou à l'extrémité des pointes, ne peuvent être considérés comme tels ; seulement, le grand brassiage que l'on trouve, même à toucher terre, peut gêner un navire pris par le calme.

Le golfe offre peu d'ancrages par des petits fonds. *Punta-Arenitas*, dans sa partie N. O. et S. O., et le *Golfito*, sont les meilleurs ; ailleurs, par trente-cinq, quarante et cinquante mètres, on sera souvent à une distance d'une à deux encâblures de terre.

Plus au large, on trouvera cent à deux cents mètres ; mais comme dans la partie intérieure du golfe il n'y a jamais ni grosse mer ni fortes brises, et comme la vase verte, compacte et grasse, qui forme le fond, offre une excellente tenue, c'est plutôt un inconvénient qu'une cause de danger. Un navire peut même s'abattre en carène au mouillage nord de la *Punta-Arenitas*, s'il ne préfère aller au *Golfito*, sur la côte E. qui est un véritable bassin, complétement abrité, avec un côté si accore, que les bâtiments pourraient être amarrés à terre par un fond de dix à douze mètres.

Il n'y a aucune difficulté pour entrer ou pour sortir du *Golfito* avec les brises régulières du golfe ; mais il n'existe d'autre plage pour y former un campement que la langue de sable qui le divise en deux parties. Ailleurs on trouve, ou les escarpements de la Cordillière, ou des mangliers impénétrables. Cette partie est sujette aux orages qui sont amoncelés sur les montagnes par la brise du large. Il y pleut presque tous les après-midi ; c'est un inconvénient qui ne se trouve pas sur la côte O., où il pleut rarement, même dans la saison pluvieuse.

Je renvoie, pour tous les détails, au rapport des capitaines au long cours, Colombel et Lallier, que j'ai sous les yeux, et qui est aussi exact que possible.

La population de *Punta-Arenitas* est de cinquante à soixante âmes ; elle habite un village sur une pointe de sable qui s'avance un peu vers la mer, se rattachant à une immense plaine, la richesse et l'avenir de la colonie.

Les bâtiments peuvent mouiller au N. O. et au S. E. de ce village, à une très petite distance de terre ; ils y sont parfaitement à l'abri de la mer, qui, au reste, comme je l'ai déjà dit, n'est jamais forte dans le golfe. Les navires y trouveront des bois de toutes sortes et de toutes espèces ; ils y feront leur eau avec beaucoup de facilité dans la rivière du *Tigre*, située à cinq milles, au nord de *Punta-Arenitas*, en profitant du demi-flot pour y entrer.

Ils se procureront à l'*hacienda du Tigre* des bœufs très beaux, très bons, au prix de 20 (100 fr.), des volailles, des bananes, des cocos, des racines et du poisson qui y est abondant. Quant au sol, la notice de M. Colombel est suffisamment explicative; je dirai seulement que toute la côte d'Ouest dans l'entière longueur du golfe, est la limite d'une plaine considérable, s'étendant insensiblement vers la montagne de *Salsipuedes*; ces montagnes, d'une élévation moyenne, ont formé la pointe *Matapalo*, en s'inclinant à l'ouest.

La végétation est puissante et vigoureuse; des arbres gigantesques attestent la fécondité du sol, qui est arrosé par de nombreux cours d'eau; deux rivières principales fertilisent cette plaine; ce sont les rivières du *Tigre* et du *Rincon*; la déclivité de ces terrains les empêche d'être marécageux, et les mangliers, quand ils existent sur la plage, s'avancent très peu dans l'intérieur. On peut donc dire que la hache et le feu, en déboisant cette fertile contrée, lui feront produire tout ce que le colon laborieux voudra lui demander. — L'aspect de la seconde partie comprise depuis les *Ilotes* jusqu'à la pointe del *Banco* est entièrement différente. La Cordilière, après avoir limité la plaine un peu au delà de la rivière du *Rincon*, continue à longer la mer jusqu'au *Golfito*; la côte est partout presque à pic, et porte sur ses pentes abruptes des forêts impénétrables. A l'endroit où elle se tourne vers le sud, elle laisse un passage à la rivière de *las Esquinas*, et forme une vallée assez étendue et marécageuse sur les bords.

Après le *Golfito*, le terrain s'abaisse pour se relever près la pointe del *Banco*, formant dans cet intervalle une vaste plaine s'étendant à perte de vue; vers l'intérieur, elle est occupée en partie par un lac et des marais qui empêchent la communication directe avec *Chiriqui* et *David*, la route étant forcée de suivre la côte. Cette plaine est arrosée par le *Rio-Coto*, la plus importante de toutes les rivières du Golfe.

CLIMAT.

Le climat passe pour être très sain, quoique cette partie de l'état de *Costa-Rica* soit plus humide et plus orageuse que les autres plus au nord. — Il est vrai que la corvette *la Brillante* s'est trouvée pendant l'hivernage à *Golfo Dulce;* quelques hommes de l'équipage ont eu un accès de fièvre, qui a cédé aux premières doses de quinine. J'attribue cette fièvre aux fatigues d'une campagne rendue très pénible par les travaux hydrographiques exécutés sur toute la côte de *Costa-Rica.* — Il n'existe pas de maladies à *Punta-Arenitas.* Le chef politique de cette localité m'assura que depuis deux ans, il n'avait eu qu'un décès, lequel ne devait même pas être attribué à l'influence du climat.

DIFFÉRENCES ATMOSPHÉRIQUES DES DEUX CÔTÉS DU GOLFE.

Sur le côté E., les orages sont amoncelés par les vents du large, et tous les soirs, pendant la saison des pluies, il pleut au *Golfito*, tandis qu'à *Punta-Arenitas*, sur la côte de l'ouest, l'atmosphère est dégagé des nuages accumulés sur l'autre côte.

La saison sèche dure de décembre à avril; les pluies ne cessent pas entièrement sur la côte E., comme je l'ai dit en parlant du *Golfito.* Le thermomètre se tenait de 28° à 29° centigrades; sur les plateaux il doit être moins élevé.

PRODUCTIONS.

Tous les produits des pays tropicaux viennent en abondance dans cette partie de l'Amérique. Je n'y ai pas vu de cochenille, sans doute parce que l'on n'a pas planté de nopals. La canne à sucre y est d'une grandeur et d'une grosseur extraordinaires; mais comme elle croît dans des terrains vierges, et avec trop de vigueur, je la crois peu sucrée. Les cocotiers bordent, sur une étendue de plus de cent milles (cent trente kilomètres), la majeure partie des côtes de la concession; ils donneront de suite, et en grande quantité, de l'huile, des spiritueux, et tous les autres objets que l'on tire de cet arbre si précieux. On trouve en abondance dans les forêts des cèdres d'une grande élévation, des bois de teinture, du gaïac, de l'ébène, des arbres à baume; l'acajou y est plus rare; la salsepareille, le cacao et la vanille y sont à l'état sauvage.

Aux *Ilotes*, au *Golfito*, à *Punta-Arenitas* et au *Tigre*, on pêche de la nacre qui fournit des perles d'un bel orient. Pendant l'hivernage, beaucoup de baleiniers viennent à *Golfo Dulce*, où ils trouvent du bois, de l'eau en abondance, des fruits, des volailles et du bétail; vers cette époque, les baleines fréquentent aussi cette côte.

FACILITÉ DES TRANSPORTS.

Les cours d'eau peuvent être employés avec avantage au transport des produits de l'intérieur vers la côte. Ce qui a surtout nui au développement des colonies naissantes, c'est la difficulté des communications; à *Golfo Dulce*, par la facilité qu'offre ce superbe golfe, d'une étendue de 30 à 40 lieues de côtes, par la configuration de la presqu'île qui forme la partie de l'ouest, et par les rivières qui arrosent les vallées et les plaines, les colons transporteront aisément toutes leurs denrées. Ils s'approvisionneront également des produits des autres parties de l'Amérique, de ceux de l'Europe et de l'Asie.

ROUTE DES DEUX OCÉANS.

L'ouverture du sentier faite par le capitaine Colombel (agent de la Compagnie) de *Golfo Dulce* à *Terrava*, a prouvé la possibilité et même la facilité d'établir une route dans cette partie. On sait en outre, que *Terrava* et *Boca del Toro* sont en relations continuelles. Cependant, comme elles n'ont lieu que par un chemin suivi par les Indiens, la reconnaissance et l'exploration de cette route est indispensable pour en faire bien apprécier les difficultés. Elle est d'autant plus nécessaire, que c'est dans cette partie de l'Amérique que l'on doit rencontrer les plus grandes facilités pour établir la communication des deux mers.

CHARBONS DE TERRE.

Des recherches pour trouver les gisements houilliers signalés par M. G. Lafond à *Terrava* et sur d'autres ports, n'ont pu être exécutés par nous. Le manque de temps et de moyens suffisants en ont été les causes principales ; mais je me suis procuré des échantillons de gisements trouvés près la pointe du *Banco*. Ce sont des lignites, et je donne ci-joint l'analyse qui en a été faite par le chirurgien-major de la corvette.

RAPPORT DU CHIRURGIEN-MAJOR SUR LES LIGNITES.

Les meilleurs renseignements sur le charbon de terre nous ont été fournis par le capitaine du port de *Punta-Arenitas*, qui a visité les dépôts carbonifères et les a trouvés assez bons pour alimenter une machine à vapeur qu'il voulait y établir.

Il existe près de la pointe *del Banco* trois bassins d'arbres carbonisés. Le plus étendu occupe deux cents à trois cents mètres ; sa hauteur sur la falaise est de 1 m. 50 c. à 2 m. ; les deux autres sont situés à un ou deux kilomètres du premier, et ils sont d'une moindre étendue et d'une puissance inconnue. Les lignites des deux premiers gisements sont de la grande classe des dicotylédones, le troisième appartient aux monocotylédones, etc., dont les individus acquièrent un si grand développement dans les régions équatoriales. Il est très facile de déterminer la famille à laquelle ces arbres appartiennent. Leur cassure, brillante, noirâtre, concoïde, qui prend un aspect bitumeux, est semblable à celui que présentent des produits volcaniques. On arrive à reconnaître que ce sont des lignites dont nous ignorons la composition interne, mais que nous croyons devoir fournir un excellent combustible. L'échantillon, qui appartient aux monocotylédones, semble plus riche en principes combustibles que les autres échantillons à texture plus compacte.

CONCLUONS :

L'existence d'un dépôt de lignites à *Punta del Banco* (*Golfo Dulce*), nous paraît démontrée ; mais, je répète, la puissance de ces gisements nous semble impossible à déterminer aujourd'hui, et ce ne serait qu'après des travaux considérables dans des forêts presqu'impénétrables, et après une complète exploration, qu'on obtiendrait la connaissance parfaite de la richesse de ces gisements.

RUOTE DES DEUX MERS

ENTRE GOLFO DULCE ET LA COTE DE L'ATLANTIQUE,

DANS LA RÉPUBLIQUE DE COSTA-RICA.

A Monsieur G. Lafond, *Consul général de Costa-Rica.*

« Vous aurez trois opérations bien distinctes à faire pour réaliser le projet de colonisation de Golfo Dulce, et en même temps celui de l'ouverture d'une route inter-océanienne dans la direction de l'Atlantique, sur le territoire de Costa-Rica.

» La première opération aura pour but d'étudier le tracé de la route et d'ouvrir un sentier de 2 m. de largeur, pouvant servir au transport des voyageurs et des marchandises à dos de mulet.

» La seconde opération consistera dans l'ouverture d'une route carrossable, sur une largeur de 4 m., avec gare d'évitement.

» Enfin, la troisième opération complétera l'entreprise, en portant la route précitée à la largeur de 8 m., ou bien en établissant un chemin de fer, si les localités le permettent, et si les études préalablement faites démontrent que la préférence doit être accordée à ce système de voie de communication.

» La dépense à faire pour l'ouverture du sentier, *évaluée comparativement aux travaux de même nature que j'ai fait exécuter sur l'isthme de Panama*, s'élèvera à la somme de 2,000 francs par kilomètre, et le développement général de la voie ne dépassera pas 150 kilomètres; devrait-on admettre l'hypothèse la plus défavorable, celle de franchir la chaîne à la hauteur de 1,500 mètres au-dessus du niveau de la mer ?

» Nous avons donc, pour première dépense, 150 kilom. de sentier à ouvrir, à raison de 2,000 fr. par kilom. . 300,000 fr.

» Construction de baraques et hangars pour dix stations, à 5,000 francs l'une 50,000

» Achat de 150 mulets, frais divers et honoraires de l'ingénieur 150,000

» Total des dépenses à faire pour l'établissement d'un service de transports à dos de mulets entre l'Atlantique et Golfo Dulce . . . . . 500,000 fr.

» Ce service pourrait être organisé en moins d'une année. On serait alors en mesure de livrer passage aux voyageurs. Or, en admettant seulement le chiffre de 25 à 30 voyageurs par jour, soit 10,000 par an, nous opérerions, dans l'espace des trois premières années après l'ouverture de la voie, le transport de 30,000 voyageurs, qui, à raison de 100 francs l'un, donneraient une recette de 3,000,000 de francs.

» Déduisant de cette somme les frais annuels d'entretien du chemin, la nourriture et l'entretien des mulets, qui peuvent être estimés, savoir :

» 50 cantonniers à raison de 4 francs par jour, soit 120 francs par mois, et pour trois ans, $50 \times 36 \times 120 =$ 216,000 fr.

» 150 mulets à 1 franc 50 c. l'un par jour, ensemble $225 \times 365 \times 3 =$ 246,375

» 50 muletiers à 4 francs par jour (même dépense que pour l'entretien de la voie) . . . 216,000

» Frais d'administration à Golfo Dulce, et remplacement du matériel pour trois ans . . 321,625

» Déduisant encore le capital d'établissement 500,000

» Reste pour bénéfice net dans l'espace de trois ans, capital remboursé, soit un capital par année de 1,500,000

» Somme égale . . 3,000,000 fr.

» Voilà les avantages qui résulteraient de la première opération à faire sur les terrains que l'on vous a concédés au territoire de Costa-Rica. Ces avantages me paraissent incontestables : par notre route, les voyageurs pourront être transportés d'Europe en Californie, *en deux mois et demi, pour une somme de* 500 francs, tandis que, par le cap Horn, le prix de transport est de 7 à 900 francs, et la navigation dure *plus de six mois;* enfin, par Colon, le voyageur est exposé à un séjour dangereux sur les bords d'une côte pestilentielle, et les frais de transport y dépassent ceux résultant de la navigation par le Cap.

» Je crois que ces appréciations sont exactes et que cette première opération produira le bénéfice net ci-dessus évalué.

» Il résulte donc de mes évaluations, qu'avant une année la Compagnie de Golfo Dulce, en se mettant immédiatement à l'œuvre, pourra avoir réalisé la plus belle partie de son entreprise. Elle aura acquis une voie et un service de transport bien organisé entre les deux mers, et, de plus, réalisé un bénéfice net de 1,500,000 fr. qu'elle aura pu employer au développement de la colonisation de cette belle contrée. La Compagnie pourra faire l'avance de cette somme pour construction de barraques et achat de matériel nécessaire à l'exploitation des terres. Il lui sera possible d'établir 800 familles, en leur faisant à chacune une avance de 2,000 francs, et elle aura sur sa colonie une population de 5,000 âmes. La colonie se trouvera donc à cette époque, c'est-à-dire dans trois ans, en pleine prospérité, et la richesse sera assurée aux fondateurs de cette belle entreprise.

» Mais il s'agira d'ouvrir une grande voie de roulage, soit pour les besoins des colons eux-mêmes, soit pour développer le transit entre les deux océans.

» Si la chaîne n'était pas trop élevée, et qu'elle pût permettre le passage à un chemin de fer, il n'y aurait pas à hésiter à entreprendre l'ouverture de cette grande voie. Placée dans une posi-

tion exceptionnelle, elle monopoliserait inévitablement le passage
jusqu'au moment où le canal que l'on rêve depuis des siècles
serait réalisé.

» Dans le cas contraire, s'il faut renoncer à l'établissement
d'un chemin de fer, on se bornera à celui d'une route, et on com-
mencera par l'exécuter sur 4 m. de largeur. Cette voie coûterait
par kilomètre, savoir :

» 6,000 m. cubes de déblais, extraction et transport, à 1 fr. 50	9,000 fr.
» Ponts et aqueducs, établis généralement en charpente	3,000
» Empierrement sur toute la largeur de la voie et sur une épaisseur de 0, 25, soit un mètre cube par mètre courant (1,000 m. par kil.) à 4 fr. l'un.	4,000
» Dépense par kilomètre	16,000
» Et pour 150 kilomètres	2,400,000
» Soit avec les frais de direction	2,500,000

» Cette dépense serait couverte en grande partie par les
1,500,000 francs que les colons auraient à rembourser à la Compagnie, s'ils ne les avaient pas déjà remboursés à cette époque. Le
complément de la dépense, s'élevant à 800,000 francs, pourrait
être fourni en journées par les colons, qui seraient tous intéressés
à l'ouverture de cette voie de communication.

» Il est donc évident que la Compagnie, en suivant le mode
d'opération que je viens d'indiquer, pourrait se trouver, dans
trois ou quatre ans, à partir de ce jour, en possession : 1° d'une colonie en pleine prospérité qui donnera des revenus considérables;
2° d'une route carrossable servant au transport des voyageurs et
des marchandises entre les deux océans; 3° qu'elle aurait en
outre établi des comptoirs et ferait la consignation des marchandises aux deux ports, l'Atlantique et le Golfo Dulce; qu'enfin, le

tout se trouverait réalisé *par le seul fait d'une avance de* 500,000 *fr.*

» Tels sont les avantages qui résultent des deux premières opérations à faire pour la réalisatiou de l'entreprise.

» Il me reste à vous donner le chiffre des dépenses nécessaires pour établir la route en grande largeur, ce qui devrait avoir lieu nécessairement quand l'expérience aurait démontré que les navires préfèrent les ports de votre colonie à ceux des autres passages, préférence qui ne paraît pas douteuse. La route en grande largeur exigerait une dépense à peu près égale à celle que nous aurions déjà faite pour tous les travaux exécutés dans son premier établissement, soit une somme de . . . . 2,500,000 fr.

» Ajoutons à cela, pour construction de quais aux baies de l'Atlantique et Golfo Dulce , une somme de 500,000

» Ce serait donc, en totalité . . . . 3,000,000 fr. que l'on aurait à dépenser pour compléter la *grande route des deux mers*, et cela à un moment où cette route donnerait des bénéfices considérables, et lorsque la Compagnie aurait déjà une colonie florissante qui lui donnerait des revenus, et, enfin, quand cette Compagnie aurait formé des entrepôts commerciaux sur les deux plus beaux ports de l'Amérique centrale.

» Il me paraît évident que les 3,000,000 seraient bientôt couverts, et que la Compagnie ne tarderait pas à recevoir des dividendes considérables.

» En supposant, comme je le dis plus haut, qu'il soit possible d'établir un chemin de fer sur le territoire de Costa-Rica, il est incontestable que nous aurions le monopole du transit, et alors les revenus de l'entreprise deviennent incalculables. 850,000 tonneaux doublent le cap Horn; la création d'entrepôts sur l'isthme aurait pour effet inévitable de déplacer ceux de Valparaiso, de Callao, etc., et de détourner, par conséquent, la majeure partie de ce tonnage sur la voie de fer. Si ce chemin, dis-je, est réalisable sur Costa-Rica, il est bien évident qu'il aurait la préférence du transit, à cause de ses deux ports, et que la majeure partie des 850,000 tonneaux précités lui serait dévolue.

» Voyez donc ce que deviendrait notre entreprise !!!

» Mais, n'aurions-nous qu'une bonne route, qu'elle serait encore recherchée à cause de sa position, et je pense qu'elle ferait une rude concurrence au chemin de Panama.

» En résumé : un capital de un million suffirait, dans les circonstances actuelles, pour parvenir à la réalisation du projet de colonisation de Costa-Rica et la création de la *route des deux mers*, dans la direction de Golfo Dulce à l'Atlantique, dont nous avons évalué les dépenses à 500,000 fr.

Si, en 1844, à mon retour de Panama, j'avais porté mon projet de chemin de fer en Angleterre ou aux Etats-Unis, au lieu de m'obstiner à vouloir en faire une opération française, il serait exécuté aujourd'hui, et le public en profiterait.

» Je vous engage donc à vous méfier d'un patriotisme exclusif et à écouter toutes les propositions, de quelque côté qu'elles vous viennent.

» Agréez, etc.

J. DE COURTINES,

» Ingénieur civil et ancien conducteur des travaux
▸ du canal projeté de Panama. »

RÉSUMÉ.

D'après les divers documents que nous avons donnés dans cette Notice, il est démontré que des éléments considérables de fret existent à Golfo Dulce pour notre marine marchande :

1° En copra ou cocos séchés, dont la consommation augmente tous les jours, en France, pour la fabrication des huiles propres à la savonnerie et à la stéarinerie, etc.;

2° En caoutchouc, nacres de perles, bois de teinture, salse-pareille, cafés, soies végétales et autres produits tropicaux;

3° En bois de constructions et ébénisterie de toutes essences.

4° Dans le transport de nombreux émigrants d'Europe, et même de la Chine et de l'Inde, qui trouveront sur les terres fertiles de ce superbe golfe des établissements avantageux;

Enfin, les produits de Costa-Rica ont obtenu, à l'Exposition universelle, trois médailles et deux mentions honorables.

Tout concourt donc pour attirer sur ce pays les capitaux, l'industrie et le commerce de l'Europe.

Paris.—Typographie de M. Emile ALLARD, rue d'Enghien, 14.

www.ingramcontent.com/pod-product-compliance
Lightning Source LLC
Chambersburg PA
CBHW060823180626
46818CB00002B/934